KB110787

내 마음을 울린 시

국립중앙도서관 출판시도서목록(CIP)

내 마음을 울린 시 / 글쓴이: 이상훈. — 개정판. -- 서울 :
북랜드, 2019
    p.128 ; 13 × 21 cm

권말부록: 비 오는 날 쓴 80자 문자 시
ISBN 978-89-7787-831-0 03810 : ₩8000

한국 현대시[韓國現代詩]

811.7-KDC6
895.715-DDC23   CIP2019002097

이상훈 시집

내 마음을 울린 시

북랜드

차례

이상훈 시집

내 마음을 울린 시

이상훈 시집

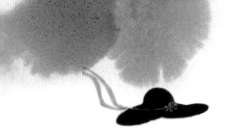

내 마음을 울린 시

이런 사람 내 사람

당신에게 긴히 할 얘기가 있어요!
속삭이듯 할 거니깐 귀 기울여주실 거죠?

보잘것없지만
티 없이 웃어주는 이런 사람이
내 사람이었으면 합니다.

그 모습만 보아도 기운이 나거든요.

보잘것없지만
해맑게 먹어주는 이런 사람이
내 사람이었으면 합니다.

그 모습만 보아도 행복하거든요.

보잘것없지만
바라만 보아도 흐뭇해지는 이런 사람이
내 사람이었으면 합니다.

지금 제 심장이 뛰고 있거든요.

보잘것없지만 이런 사람
간절히 원하는 내 사람입니다.

향기

남자들의 향기를 그녀들은 알까요?

강한 향기가 흩날릴 때면
심장이 요동치듯 뜀박질해 오고
뭔가 모를 에너지에
그녀들은 그렇게 넋을 잃곤 한다.

따뜻한 향기가 흩날릴 때면
부드러운 이불인 양
꼬옥 안고 싶고 편안하기에
그녀들은 그렇게 넋을 잃곤 한다.

여자들의 향기를 그대들은 알까요?

약한 향기가 흩날릴 때면
마음이 온데간데없이 지켜주고 싶어 하고
뭔가 모를 속삭임에
그대들은 그렇게 넋을 잃곤 한다.

부드러운 향기가 흩날릴 때면
따뜻한 엄마 품인 양

꼬옥 안고 싶고 편안하기에
그대들은 그렇게 넋을 잃곤 한다.

남자들이 가지는 향기 속에 여자는 반하고
여자들이 가지는 향기 속에 남자는 취한다.
향기는 언제나 그랬듯 사랑을 유혹하니깐.

그대 알고서

세상 어느 누군가 부러울 정도로
처음 그대 모든 걸 안았습니다.

미련하기 짝이 없는 줄 알면서
처음엔 그랬었습니다.
그대 알기 전까진

한 번쯤 흐트러질 수 있습니다.
두 번쯤 흔들릴 수 있습니다.
세 번쯤 넘어질 수 있습니다.

고작 이 세 번이 가져온 재앙은
불신과 분노와 좌절
성급하게 그대를 바라본 건지
그대 내게서 멀어지고 싶은 건지
왜 그런지를 무척이나 알고 싶습니다.

그대 알고서 더더욱.

세상은 불공평

생후 태어나서부터
세상이 가져다준 불공평
그것은 단지 만물에 지나지 않는다.

살아생전에 먹어야 사는데
잘 먹고 못 먹고를 떠나서
살아 있으면 그만이고

살아생전에 남들 다 하는 걸
못 해서 속상한 자존심
니가 돈 벌어 하면 그만인 것을

이래나 저래나 안 되는 걸
미련하게 하는 건
니 옹고집 탓이고

노력해도 안 되는데
어떻게 하느냐는
니 정신머리 탓이고

세상이 불공평한 것은
오로지 니 자신을 모르는 탓이다.

순간

이른 아침 잠을 못 이겨
동 트인 햇살을 지그시 바라봅니다.

한순간,
눈부심에 어리광부릴 찰나
새가 날아들어
눈을 뜰 수 있었습니다.

그 순간,
전이되어온 그 느낌은
뭐랄까 자유로웠고
아름다웠으며 신선했습니다.

이 순간, 깨달았습니다.
날아든 저 새처럼
누군가에게 그늘이 되어 주겠노라고

* 순간에 보여진 것은 운명의 일환이다.

비상

탁 트인 세상을 바라보며
비상한다는 건
너무 자유로워 보여요.

그치만 무섭지 않을까 올망이고
처음인데 잘할 수 있을까 졸망여요.

나에게 있어서 비상은
마음을 다잡는다는 것 하나!

푸른 하늘 저 높이 닿을 만치
비상한다는 건
너무 대단해 보여요.

시작이 반이듯 작은 손으로
푸른 하늘을 다잡아 봐요.

나에게 있어서 비상은
첫걸음에 있다는 것 둘!

이처럼 오늘도 비상을 꿈꾸며
전진 또 전진하네요.

괜스레

사람 속의 사람
괜스레 볼 때마다
두꺼워지는 철판

속마음을 들키지 않게
가면을 쓰고
어중이떠중이 떠벌리네.

웃으라 함은 웃을 것이고
웃지 마라 함은 울 것이더냐
청승맞아 이로울 길 없네.

세상이 잡다하더라도
이 내 마음 괜스레 동요하지 말고
나에게는 진실만을 말해주오.

괜스레 당신을
사랑해보고 싶은
이름 모를 한 남자가!

산 사랑

　살아있다는 것 자체에서 빛이 난다. 이 빛을 더욱 빛나게 할 수 있는 것이 사랑이라고 말해 보련다. 숨을 쉬어야만 가능하다는 것과 사랑은 혼자서 하는 게 아니라는 것 두 증명이 엮임으로 해서 호흡이라는 조화를 만들어낸다. 그만큼 살아있는 자만이 사랑을 할 수 있고 사랑하는 자만이 살아있다는 걸 실감할 것이다.

　심장이 콩닥콩닥
　살아있음을 느끼고

　가슴이 콩닥콩닥
　사랑을 느끼네.
　하늘을 바라보고 있나니
　살아있음을 느끼고

　여인을 바라보고 있나니
　사랑을 느끼네.

　살아있어 사랑을 하고
　사랑하기에 난 살아가네.

이왕이면

좋은 떡이 먹기도 좋지 아니한가!

이왕이면 이쁜 여자를 만나
사랑을 하렵니다.

늘 선망이 될 수 있는 사랑
체취가 느껴지는 사랑
이왕이면 이쁜 사랑을 하렵니다.

이쁜 여자를 만나 사랑하면
벅차서라도 사랑하고 이쁜 사랑까지 하면
얼마나 숨 가쁠까 생각합니다.
이왕이면 말이죠!

기왕이면

겉 다르고 속 다르지 아니한가!

기왕이면 착한 여자를 만나
사랑을 하렵니다.

늘 순진무구한 사랑
염원이 느껴지는 사랑
기왕이면 착한 사랑을 하렵니다.

착한 여자를 만나 사랑하면
미안해서라도 사랑하고
착한 사랑까지 하면 얼마나
몸 둘 바를 모를까 생각합니다.
기왕이면 말이죠!

눈에 보이는 길

눈에 보이는 것만큼
쉬운 길은 없다.

부푼 꿈을 마음껏 비상해보며
때론, 푸르게 웃어도 보고
때론, 붉게 애태워도 보고
때론, 어둡게 울어도 본다.
하늘에 있는 길 하나!

공존해서 살아가는 곳이며 모든 만물의 근원지
때론, 오르다 숨이 가빠도 보고
때론, 걷다 숨을 돌려도 보고
때론, 내려오다 숨을 줄여도 본다.
땅에 있는 길 둘!

끝을 알 수 없는 지평선 너머로 보이는 드넓은 세상
때론, 얕아 함께 즐겨도 보고
때론, 깊어 어쩔 줄 몰라 지켜도 본다.
바다에 있는 길 셋!
눈에 보이는 길은 언제나 열려 있기에
눈에 익어 가까워 보이기에

쉬운 길이 아닐까 본다.

눈에 보이지 않는 길

눈에 보이지 않는 것만큼
어려운 길은 없다.

속된 말로 열 길 물속은 알아도
한 길 사람 속은 모른다 하더이다.

겉으론 웃고 있지만
속으론 비웃고 있을지도 모를 만큼 말이다.

제 아무리 날고 기어도
쥐도 새도 없이 숨긴 걸 어찌 찾으리오.

눈 가려 아웅할 만큼
답답하면 몰라도 말이다.

눈에 보이지 않는 길은
자연스러울 정도로 천연덕스러워
아이러니할 만큼
어려운 길이 아닐까 본다.

다시 사랑을 시작하려면

처음 설레었던 마음이
되풀이될 순 없겠지

익숙해져 가는 일상처럼
잠시 동안 지나쳐가듯 말이야.

너와 함께한 습관!
문득 마음보다 몸이 앞서는 걸 보면
아직 못 잊었구나 싶어.

너와 함께한 행복!
평범했던 나날이 행복한 순간을
넘나들고 보니 행복이란 이런 거구나 싶어.

너와 함께한 추억!
둘만이 알고 있는 비밀스런 얘기들이
시간이 흐르면 아련히 묻어지겠구나 싶어.

다시 사랑을 시작하려고
너를 잊으려 하는 나를 용서해
눈물겹도록 아득한 옛사랑아!

단 한 사람

세상에 나에게 사랑이란 걸
알게 해준 단 한 사람이 있다.

무의식적으로 수천 수백 번을 생각하고
멈추지 않는 가슴의 떨림은
으뜸 사랑이리라.

사랑을 알게 해준 단 한 사람을
만나기 위해 울고불고
난리 치듯 떼를 써 본다.

손꼽아 원하기에 신경 쓰이고
보고 싶어 아른거리는 눈은
명실상부 사랑이리라.

단 한 사람을 바라기에 사랑을 가졌고
그 사랑은 나만이 바라볼 수 있는
단 한 사람이 되리라.

물불 가리지 않는 사랑

뛰어들리라! 뛰어들리라!
뜨거운 불속을

거리낌 없는 이 내 마음
그대만 알아준다면
타죽어 어떠하리.

뛰어들리라! 뛰어들리라!
차가운 물속을

거리낌 없는 이 내 마음
그대만 알아준다면
얼어 죽어 어떠하리.

눈 오던 날

그날이 그리워집니다.
소복히 쌓였던 눈을 밟으면
뒤따라오던 발자국

왼발에 쿵 오른발에 짝
마냥 즐겁기만 했던 눈 오던 날

그날이 그리워집니다.
두 손 모아 눈을 뭉쳐
만들었던 눈 공

서로 겨누어 장난치다
해가 진 줄 몰랐던 눈 오던 날

그날이 그리워집니다.
눈을 굴려굴려
만들었던 눈사람

우스꽝스러워 웃음이
절로 나왔던 눈 오던 날

까마득히 그날이 그리워집니다.

함구무언

입 다문 걸 두려워하지 말라.

떳떳한 자 의리 있고
의리 있는 자 청렴결백하고
청렴결백한 자 두려워 않는다.

말하지 않는 걸 답답해하지 말라.
예지 있는 자 신의 있고
신의 있는 자 순진무구하고
순진무구한 자 답답해 않는다.

* 지혜로울수록 말을 아낀다.

일념

세월이 흐르면
만물이 변하니 슬프도다.

얻는 것이 있으면
잃는 것 또한 있어 애통하다.

마음이 있어 자각할 줄 알기에
일념을 떠나보내지 않으면 안 된다.
그 무엇이 되었든 간에……

무언의 이별

하나, 눈물을 흘린다.
감정이 북받쳐 헤어짐을 미안하게 상대방으로 하여금 유도를 하니 애절하다.
둘, 손사래를 친다.
이제껏 즐거웠고 비와는 맞지 않는다고 통보를 하니 안타깝다.
셋, 소식을 끊는다.
모든 게 무의미하다고 할 말 없다 하니 닝닝하다.

눈물을 흘려
애절함으로 이별하고

손사래를 쳐
안타까움으로 이별하고

소식을 끊고
닝닝함으로 이별하고

이별하고 나니 어떠한 것도 남아 있지 않다.
남아 있다고 느끼는 건 흐릿한 잔상뿐이다.

넋

정신이 나가버리고
마음을 빼앗겨 버렸다.

홀릭에 빠져버린 건
너무나 이례적이다.

온통 그녀 생각에 넋두리할 뿐
아무런 저항도 못 했다.

마냥 넋을 잃고
넋 놓고 보기만 해야 하는 게 다이다.

무척이나 황홀하지만 서글펐다.

넋을 달래기 위해 난
이렇게 흔적을 남긴다.

세상은

방귀 뀐 놈이 성내니
세상은 호락호락하지 않고

달밤에 체조하니
세상은 어영부영 돌아가고

시꺼먼 도둑놈이니
세상은 깨끗하지 못하고

고생 끝에 낙이 있으니
세상은 불공평하지 않고

이러나저러나
세상은 우리 하기 나름이다.

상념

일하는 게 혼란스럽다.
돈을 조금 더 적게 받고
덜 힘든 일을 찾아볼까

주말도 없이 일하는 게
잘하는 것인가
생각할수록 늪에 빠진다.

자는 게 혼란스럽다.
예민해서 인기척만 들려도
잠에서 깨기 일쑤다.

불면증에 시달려
생활 리듬이 엉망진창이다.
생각할수록 초췌해진다.

생각에 이어 생각이 야기하는
혼란이 나로 하여금 인생무상을 느낀다.

밑져야 본전

밑져야 본전!

노를 저어 저 넓은
바다를 모험하리.

광활한 바다에
내 마음도 한껏 푸르렀다.

밑져야 본전!

숲을 헤쳐 저 높은
산을 모험하리.

거친 산에
내 마음도 한껏 다져졌다.

세상 한가득 포부를 열어
당차게 나 지금 여기에 산다.

* 기회는 주어지지만 모험을 하지 않으면 온전한 내 것
  으로 만들지 못한다.

박정한 탓

하늘이여! 박정하다.

내 바라볼 곳은
그대뿐인 걸

눈살 찌푸리게
햇살을 쏟아내는가!

대지여! 박정하다.

내 쉴 곳은
그대뿐인 걸

눈살 찌푸리게
햇살을 쏟아내는가!

하늘도 대지도 무심코 던진 햇살에
마음의 상처를 안는다. 박정한 탓으로

느낌

느낀 바!
알 것 같은 기분이
들어서 좋아하고

느낀 바!
해낼 것 같은 기분이
들어서 좋아하고
느낀 바!
가질 것 같은 기분이
들어서 좋아하길

느낀 바!
좋은 기분은 나로 하여금
좋은 느낌을 준다.

* 느낌은 살아 숨 쉬기에 그 기분을 알 것 같다.

감기 씨

외로울 때 나지막이
찾아오는 반가운 손님 감기 씨!

매년 잊지 않고 돌아와 준
그 마음 고맙기 그지없습니다.

열불나게 사랑을 속삭이다 보면
어느새 사라져 버리는 감기 씨!

매년 잠깐이라도
사랑할 수 있어 행복하답니다.

애타게 감기 씨를 사모하는 이가!

콧노래

콧노래가 흘러흘러
가슴 언저리에 올망졸망 모여든다.

세상만사 힘겨워도
콧노랜 다부지고
어기여차~ 디여차~

세상에 태어나서
콧노랜 즐거웁고
경사 났네~ 경사 났어~

세상에 배부르니
콧노랜 절로 나고
룰루랄라~ 룰루랄라~

콧노래는 어느덧 휘영청
희망의 등불을 밝힌다.

사랑의 슬픔

사랑의 시작은
슬픔에 젖어듭니다.

그녀 내 안에
담아두려 하기에
근거 없는 마음에 도취합니다.

사랑의 끝은
슬픔에 사무칩니다.

그녀 내 안에
담아두지 못하기에
쓸데없는 마음에 도취합니다.

슬픔은 사랑하기에 취하는 거니깐!

아리송한 사랑

사랑을 하려고 그대를 만져 보았습니다. 나와의
다른 체온이 엄습해오곤 하나둘 사랑을 의식하였고
그렇게 아리송한 사랑은 다가왔습니다.

사랑하기에,
손을 잡으려 하면 땀이 나고
키스를 하려 하면 얼굴이 붉어진
아리송한 사랑

다가올 듯하면서 잡히지 않고
멀어질 듯하면서 잡히는
아리송한 아름다움이 물씬

사랑으로써 감싸 안으리.
사랑으로써 헤쳐 나가리.

안녕이란 말

안녕이란 말 한 번에
내게서 멀어져 있는 그대 바라보기엔
아직 난 여리답니다.

다가올 법도 한데
멀어져 간다는 건
그대 죽어간다는 거니깐요.

하루를 넘길 때마다
마지못해 불러야 하는
그 외마디가 날 슬프게 합니다.

이러지도 저러지도
못하는 심정 야속하니깐요.

죽어도 평생 못 잊을
안녕이란 말을 머금고 눈시울을 적십니다.

정직하자

나를 이긴다는 건
내게서 정직하지 못했던 것

일시적인 어긋남으로
일말의 주저함 없이
섣부른 행동을 한 것

꾸밈없이 정직하자!
태생에 난 가진 것 하나 없었으니깐

마음에 정직하자!
잔잔한 호수처럼 동요하지 않으니깐

정직하자!
세상 어느 누군가 불편하고
불안한 내 모습을 보기 전에.

못 참아

뜨거워! 뜨거워!
열불나서 못 참아.

날 차갑게 감싸주지 아니한
그대는 내 마음을 아나요.

추워! 추워!
몸이 떨려 못 참아.

날 따뜻하게 감싸주지 아니한
그대는 내 마음을 아나요.

못 참아! 못 참아!
내 마음 알 때까지

살다가

사업이 망하고 집에서 빈둥빈둥거리길 수십 일. 이노무 여편네가 못 살아! 아이구! 이 화상아! 라고 허구헌 날 바가지 긁어대니 하루도 편할 날이 없었다. 집에서는 찬밥 신세 밖에서는 처량한 신세 그러던 어느 날 밤새 소리 없이 흐느껴 울던 아내를 보았다. 결혼할 때 눈물 흘리지 않게 해줄 거라고 다짐했었는데…… 난 그날 원망하고 자책에 밤을 지새우면서 다시금 일어서리라 주먹을 꼭 쥐었다.

웃다가 웃다가
힘들 때는 울어도 보고

울다가 울다가
슬플 때는 웃어도 본다

살다가 살다가
힘들 때는 그대 같이 웃어도 보고

살다가 살다가
슬플 때는 그대 같이 울어도 본다.

지진

　움츠렸던 분노가 표출된 순간 두려움과 슬픔으로
가득 차버리고 우리들 마음을 흔들었다. 땅이 흔들
릴 때마다 한줌의 흙이 되어 하늘로 날아가는 건 영
혼이요, 땅으로 스며드는 건 육신이요, 재앙 중 첫
번째 불가사의로 손꼽히는 지진은 수십 차례 세상을
혼란스럽게 하였고 피하려야 피할 수 없었다. 아직
도 우리들이 짊어지고 가야 할 숙제로 남은 것이다.

　혼들리는 건 땅이거늘
　우리들 마음마저도 흔들었다.

　죽어가는 건 땅이거늘
　우리들 생명마저도 죽어갔다.

　슬프도다. 애통하도다.

　재앙의 손짓에
　한없이 작은 우리들

　지진이란 명목하에
　다시금 뉘우치리.

콩깍지 사랑

처음 그대 안 좋았던
인상이 떠오릅니다.

건성건성 하는 왕 본새 하며
톡 쏘는 새침데기 하며
그대 떠올리면 이제는 웃음이 납니다.

속 내음 보이지 않게
이 내 마음으로 포개어 숨겨주니
상기되었던 속 내음이
수줍음으로 가득합니다.

씌어도 단디 쓰인 콩깍지 사랑이여!

그림 같은 여자

그림 같은 여자를
생각하며 그렸습니다.

갸름한 얼굴에 또렷한 눈·코·입을 가진
긴 생머리의 여자를 그렸습니다.

그리고 보니깐 엉뚱하게도
사랑했던 여자였고 허탈하였습니다.

곁에 없어도 잊힌 게 아니었음을
사랑의 모놀로그에 빠져 있음을
가슴속에 애태웠습니다.

색을 입혀 다 그리고 바라보니
그림 같은 여자는 어느새 늙어 있었고
무심한 세월 속에 눈물만 덩그러니 흘렸습니다.

버드나무:류정화, 찌나:조진아

　[버드나무]
버거운 만큼 이름값을 하더군요.
　드물게 그녀의 은은한 향기에 매료되었고 푹 빠져
버렸습니다.
　나직이 그녀의 귓가에 속삭였습니다.
　무슨 일이 있어도 놓치지 않을 거야!

　[류정화]
유레카를 외칠 만큼 기적적인 여자.
　정신없이 맨발로 뛰쳐나갈 정도로 미칠 것 같은 여자
　화를 내어도 어색함이 묻어나오는 그런 여자 류정
화 당신입니다.

　[찌나]
찌릿할 정도로 선한 모습이 매력적인 그녀
　나 지금 만나러 갑니다. 이 순간 지구 끝까지라도

　[조진아]
조각조각 맞춰놓은 퍼즐 같은 여자
　진심으로 해맑게 웃어주는 여자
　아름다움이 화사한 그런 여자 조진아 당신입니다.

좋은 버릇

나만 '예' 하고 타인은 '아니오' 하면
내가 석연치 아니하고
타인이 '예' 하고 난 '아니오' 하면
타인이 석연치 않습니다.

행동거지에 있어서 일말의
꾸밈없이 대하여도
서로가 맞지 아니하니 이로울 길 없습니다.

좋은 버릇 가지려
말은 상냥하게
행동은 겸손하게

좋은 버릇 가지려
타인을 존중하고 배려하고
마음을 편안하게 합니다

좋은 버릇이 묻어나올 쯤
타인과는 어느새
둘도 없는 친구가 되어있을 테니깐요.

나쁜 버릇

절체절명의 위기가 왔다 해도
과언이 아닌 나쁜 버릇

한평생 산들 얼마나 살려고
욕심이 하늘을 찔러
슬프기 그지없고

오만방자하게도 바른길로 인도해준
스승의 얼굴에 먹칠하는 악용에
슬프기 그지없고

인격을 깎아먹는
욕을 마구잡이로 하여
슬프기 그지없다.

누군가 나쁜 버릇을 벌하신다면
슬픔으로 거두리.

나른한 일상

겹겹이 밀려드는 피곤함이
이맛살을 찌푸리게 합니다.

밥 먹듯이 일만 하는
나를 보고 있노라면
맥이 절로 풀립니다.

나른한 일상에서 벗어나 보려
과감히 일을 쉬고
낭만 가득 여행을 떠나 보렵니다.

나른한 일상에서 발버둥 쳐보려
달짝지근하게 술을 먹고
기분 가득 취해 보렵니다.

낭만 가득 꽃이 피고 기분 가득 웃음꽃 피고
나른했던 일상들이여 이제는 안녕.

봄비

봄비 내리면 마냥 좋으련만
기다리다 지쳐 머리는
백설이 만발하고

기다리다 지쳐 손발은
옴짝달싹 못 하게 얼어있고

기다리다 지쳐 마음은
그리움이 사무쳐 있네

봄비 내리면 당장이라도
지친 나의 머리는 사르르 녹아들 테고
지친 나의 손발은 씻은 듯 나을 테고
지친 나의 마음은 온데간데없이 깨끗해질 텐데

봄비가 오기만을
손꼽아 기다리는 어느 날에

머리하는 날

오랜만에 찬찬히 바라본 거울 속 내 모습에 혀를
찬다. 거지 발싸개 같은 내 모습 이러니 여자가 없을
수밖에 없다. 지성이면 감천이라. 머리를 손질하고
나니 꼴에 남자답다. 어줍잖으면 확 밀어버리려 했
는데 진정 내 모습을 볼 수 있는 머리하는 날이 요즘
기다려진다. 누군가를 좋아한다는 건 좋은 내 모습
을 보여주어야 한다는 것. 기다림에 사무치진 않았
으면 한다.

거지 같은 내 모습
흉한 내 모습
이러니 여자 없고

머리한 내 모습
좋은 내 모습
이러니 여자 있다.

입맞춤

그대 내 사랑하는 여인이여
하루가 질세라 짙어져 가는
입맞춤에 사랑은 깊어만 갔네.

처음 만나 그대에게 반해버려
콧등에 가볍게 입 맞추고
헤어지기 아쉬워 입 맞추었네.
벌써 두 번째 입맞춤

두 번째 만나 너무 반가운 나머지
볼에 살짝 입 맞추고 내 여인이 되어
곁에 같이 있어 줘서 감사해
감은 눈에 입 맞추었네.
벌써 네 번째 입맞춤

세 번째 만나 우리 둘인 열렬히
사랑을 키웠고 그대 생일을 맞이해
입술에 입 맞추고 사랑을 꽃피웠네.

마지막으로 만나 변치 않는
영원한 사랑을 맹세하고

이마에 입 맞추었네.
마지막 여섯 번째 입맞춤

여섯 번의 짜릿하고 감동적인
입맞춤이 선사한 사랑스런 나래를 펼치며

그녈 위해

　누구에게나 찾아오는 사랑이지만 기다리면 절대
오지 않는다. 사랑의 사냥꾼이 되어 불철주야 눈에
불을 켜고 쏘고 또 쏘아야 한다. 언젠가는 큐피드 화
살에 꽂혀서 사랑의 포로가 될 그녀에게 이 시를 남
긴다. 그녈 위해

　애당초 단념할 생각이 없던 사랑
　그렇기에 용기 있게 고백합니다.

　쉽사리 다가오지 않던 사랑
　그렇기에 소중하게 간직합니다.

　해줄 수 있는 게 작은 티끌이라도
　정성 가득 채울 줄 아는 남자.

　할 수 있는 게 오직 당신만을
　바라보는 바보 같은 남자.

　항상 곁에서 그늘막이
　되어주는 자상한 남자.

오로지 그녈 위해서만을
사는 남자가 돼 보려 합니다.
그녈 위해

춤추자

세상에 도태된 감정을
태워 없애려 춤을 추네요.

괴로움이 있으면
즐거움을 더하여 마구잡이로 춤추고

슬픔이 있으면
행복을 더하여 미친 듯이 춤춥니다.

세상의 흐름을 느끼려
춤을 추네요.

빠르게 열정적이고 날카롭게 춤추고
느리게 편안하고 부드럽게 춤춥니다.

괴롭거나 즐거울 때 춤을 추자.
슬프거나 행복할 때 춤을 추자.
빠르게나 느리게 춤을 추자.
이렇듯 살아 숨 쉬는 춤을 추자.

눈물 흘린 이유

눈물 흘립니다.
당신과 함께했던 추억들이
기억 속 저편으로 사라져야 한다는 게
슬퍼져, 이 내 마음 당신을 보고 있노라면
슬프도록 흘립니다.

눈물 흘립니다.
당신이 내게 준 고통들이
아물지 못하고 상처로 남아 있다는 게
아파져, 이 내 마음 당신을 보고 있노라면
아프도록 흘립니다.

사라지기에 슬퍼서
남아 있기에 아파서
끝없이 하염없이 눈물 흘립니다.

사랑을 켠다는 건

사랑을 켠다는 건
내 마음에 불이 붙었다는 것
불이 붙으면 붙을수록
뜨겁게 사랑은 커져만 가네.

사랑을 켠다는 건
내 눈에 전기가 흐른다는 것
전기가 흐르면 흐를수록
짜릿하게 사랑은 커져만 가네.

  * 사랑을 켠다는 건 사랑을 키우기 위한 스위치!
  * 꺼져 있는 사랑은 식었지만 켜져 있는 사랑은 뜨겁다.

인상과 내면

인상이 무섭다 하여
나로 하여금 거리를 두어
조심하고 그 사람 뻘쭘하게 하네.
내면은 착하고 여린데

인상이 못생겼다 하여
나로 하여금 거리를 두어
찡그리고 그 사람 미안하게 하네.
내면은 순수하고 아름다운데

인상이 어리버리하여
나로 하여금 거리를 두어
괄시하고 그 사람 슬프게 하네.
내면은 즐겁고 귀여운데

    * 인상은 본연적이고 내면은 가연적이다.

너의 목소리

서슬 퍼래 잠이 오지 않을 때
듣고 싶은 너의 목소리
사랑의 자장가가 되어
날 편하게 해주었네.

소스라치게 겁에 질렸을 때
듣고 싶은 너의 목소리
사랑의 흑기사가 되어
날 편하게 해주었네.

너의 목소리가 안겨다 준 안식은
그 어떤 빛보다 따스하다는 것을 알기까지
넌 내 곁에 없음을 탄식하며 울분을 삼키네.

갈릴레이법 사랑

작은 두 눈으로 바라보는
나만의 사랑.

망원경보다도 더 멀리
깊숙이 당신을 바라봅니다.

망원경으로는 똑같은 것만을 바라보지만
내 작은 두 눈은 형형색색을 띤 당신을 바라봅니다.

한쪽 눈이 다친다 하여도 내 다른
한 눈은 당신을 언제까지나 바라봅니다.

내 작은 두 눈이 언제까지나
당신을 바라보겠다고 다짐합니다.
뜨거운 눈물로써

나지막한 사랑

애절하게 눈으로만 볼 수 있는 나지막한 사랑
당신을 보기 위해 애써 달려왔고
당신을 보기 위해 나 여기 있고
당신을 보기 위해 밤잠 설쳤네.
사랑하는 당신을 보기 위해

절실하게 마음으로만 느낄 수 있는 나지막한 사랑
당신을 느끼기 위해 줄곧 기다렸고
당신을 느끼기 위해 곁에 다가갔고
당신을 느끼기 위해 항상 생각했네.
사랑하는 당신을 느끼기 위해

보기 때문에 애절한, 느끼기 때문에 절실한
나지막한 사랑을 슬퍼하면서

몰라서 사랑합니다

몰라서 물어봅니다.
그대 지금 사랑하는 사람이 있는지
없다면 그대 마음속에 들어가도 되는지 말예요

그대 사랑합니다.
마음에 쏙 들었는지 그대 생각에
잠시 머뭇거릴 이 없네요.

몰라서 물어봅니다.
그대 사랑하게 된다면
나만을 바라볼 수 있는지
있다면 그대 눈에 들어가도 되는지 말예요

그대 사랑합니다.
눈에 쏙 들었는지 그대 생각에
눈시울이 젖어드네요.

사랑을 모르기에 사랑을 할 수 있는가 봅니다.

바투 사랑

사랑은 바투 있다.

두근거리게 심장 박동이 빨라진다는 건 바로 바투 있다.

숨 죽이고 면밀히 살핀다.

바투 한 걸음에 설렘은 이루 말할 수 없고 바투 두 걸음에 심장은 요동친다.

이질적 사랑이 하나가 된다는 건 쉽지 않을 터 눈에 익게 바투 다가가 바라본다.

정 붙이게 바투 다가가 말해본다.

동질감 느끼게 바투 다가가 만져본다.

바투 좀 더 바투 하다 보면 사랑은 어느새 하나가 되어감을 알 수 있다.

* 바투 : 가까이

* 바투 있으면 언젠가는 사랑이 온다.

한결같아라

처음엔 그랬지
지금은 아니지

한결같아라.
끝내는 이러지도 저러지도 못한
이 내 마음 슬퍼서 우는구나!

이것만 하자
조금만 더 하자

한결같아라.
앞뒤 꽉 막힌
이 내 마음 슬퍼서 우는구나!

단 한 번의 시간
단 한 번의 결정
슬프도록 비장하지만
한결같으면 울지는 않겠구나!

세 번

서먹함이 가시기 전
세 번 웃었네.

한 번 서먹해 웃을 땐
넌지시 눈웃음만

두 번 서먹해 웃을 땐
배시시 입 웃음마저도

세 번 서먹해 웃을 땐
생글생글 웃는다.

우린 세 번 웃었기에

아픔이 가시기 전
세 번 울었네.

한 번 아파서 울 땐
훌쩍 겉으로만

두 번 아파서 울 땐
흑흑 마음마저도

세 번 아파서 울 땐
흐느껴 운다.

우린 세 번 울었기에

이제껏 얽매여 왔던
감정들을 지새우며 난 세 번 말한다.

복받침

끓어오르는 복받침에
어쩔 줄 몰라 화를 내고 말았네

지나고 나면 아무것도 아닌데
당시엔 얼마나 성났던지

끓어오르는 복받침에
어쩔 줄 몰라 눈물을 흘리고 말았네

지나고 나면 아무것도 아닌데
당시엔 얼마나 슬펐던지

복받치면 화도 눈물도 맘처럼 되질 않으니
지칠 때까지 화도 내보고 눈물도 흘려 보련다.
되풀이되는 삶을 살지 않으매

로즈마리

마리야! 마리야! 로즈마리야!
너를 보고 있노라면
어느새 푹 빠져 있단다.

따뜻한 봄날 적에 피어
다정하게 다가와 준
너의 웃음이 아직도 눈에 선하단다.

마리야! 마리야! 로즈마리야!
너의 향을 느끼고 있노라면
어느새 푹 빠져 있단다.

세상 가득 네 둘레 안에 있으면
맑디맑은 청량함이
무척이나 상쾌하게 해준단다.

너는 나에게 이만큼 해주는데
나는 너에게 해줄 수 있는 게
이것밖에 없구나!

마리야! 마리야! 로즈마리야!
이제부터 너는 내 로즈마리야!

내 사랑은 충전 중

행동으로 사랑을 취하고
글로써 사랑을 읊는다.
지금 내가 할 수 있는 유일무이한 사랑이다.

내 사랑은 어렴풋이 찾아오지
다가가진 못하고 충전되기만을 되뇐다.

매일 볼 수 있으면 정이라도 붙일 텐데
고작 두 번 멀찍이 지켜보곤
고백은커녕 쓴웃음만 지을 뿐이다.

단, 몇 초라도 둘만의 시간을 갖기 위해
세 번, 네 번 다가가려 애쓴다.

그렇게 매정하게 한 달이 훌쩍 지났지만
실패는 있을지언정 포기는 없다.
아가씨인 걸 알아버렸기에

오랜만에 찾아서 그런가
그녀의 따뜻한 손길이 스쳤다.
어찌 됐건 두근거렸다.

용기 내어 살포시 물어본 그녀 나이 서른 하나
그 숫자가 난 싫지 않았다.
그건 사랑이 남긴 행복한 잔상일 뿐

사기 충전하여 선물을 들고 찾아간 그 날
아직이라는 내 소심한 짓궂음에
'영희'라는 이름만 마음에 담아왔을 뿐
아직도 내 사랑은 충전 중이다.

햇달님

햇님만 가까이하기엔 달님이 아쉬워 보였다. 산을 오르내릴 때 어두워 보이지 않으면 나의 등불이 되어 아쉬움을 달래주었다. 달님만 가까이하기엔 햇님이 아쉬워 보였다. 산을 오르내릴 때 어두워 보이지 않던 풍경을 선사해 아쉬움을 달래주었다. 햇님도 달님도 어두워 보이지 않을 때 달래어주는 나의 동반자이다. 그래서 난 '햇달님'이라 부른다.

햇님은 달래주었네.
산을 오르내릴 때 어두워 보이지 않던
풍경을 선사해줘 아쉬움을 달래주었네.

달님은 달래주었네.
산을 오르내릴 때 어두워 보이지 않으면
등불이 되어 아쉬움을 달래주었네.

햇님도 달님도 어두울 때
아쉬움을 달래주는 나의 동반자이기에
난 햇달님이라 부르게 되었네.

거짓부렁 사랑

사랑은 한 아름 거짓부렁

알 수 없는 마음으로
날 미궁 속에 빠져들게 한다.

차가웁게 다가온 사랑은
눈물을 남기네.
아! 행복한 사랑

뜨거웁게 다가온 사랑은
웃음을 남기네.
아! 가엾은 사랑

거짓부렁 사랑이 남긴 잔상은
영원토록 되뇌며
훗날 마음을 흔들 것이다.

거짓부렁 사랑이 존재하는 한.

가든한 마음

한 땀 한 땀 수놓은
마음을 이제는
떠나보내려 합니다.

인연이 되어서
웃을 수 있는 날이
이어진다는 건

무심하게도 연인이
될 수 없음을 알았네.
연인이 되려고
다가서려 부단히
노력한다는 건

좋아질 순 있어도
사랑할 순 없음을 알았네.

인연은 좋아서 만난다는 걸
연인은 사랑해서 만난다는 걸
꼭 알고서 가든하게
마음을 다잡아 봅니다.

내 여린 날들을 보내며……

제대로 된 사랑

생각하기 나름의 사랑이다.
슬픔보다는 웃음을 주고
부정하기보다는 긍정적으로 다가서길
이것이 제대로 된 사랑

마음먹기 나름의 사랑이다.
가난해도 행복하면 되고
그 누가 뭐래도 둘만이 믿어 의심치 않길
이것이 제대로 된 사랑

사랑을,
제대로 준비하고
제대로 출발해서
제대로 도착하면
이것이 제대로 된 사랑이다.
사랑은 이렇듯 노력의 산물이기에

다그치기 사랑

사랑은 한 번이 다가 아니길
되뇌며 다그치고 다그쳤다.
보이지 아니하면
잠시뿐인 사랑인 양
틈만 나면 보려고 애썼다.
앞으로 보지 못할 시간이 더 많기에

들리지 아니하면
잠시뿐인 사랑인 양
틈만 나면 들으려고 애썼다.
앞으로 듣지 못할 시간이 더 많기에

곁에 있지 아니하면
잠시뿐인 사랑인 양
틈만 나면 곁에 있으려 애썼다.
앞으로 함께하지 못할 시간이 더 많기에

변변찮은 날들을
다그칠수록 내 사랑은 깊어져만 간다.

짐작

사랑이라는 두 글자가
어색하게끔 한 번쯤
넘겨짚어 봅니다.

짐작건대 사랑은 별 게 아니다.

처음 사랑은 영원할 수 없고
끝 사랑은 불멸할 수 없음을

짐작건대 사랑은 사치일 뿐이다.

보이는 사랑이 전부인 양
짝사랑은 그렇게 흘러만 감을

짐작건대 달무리 재 넘어가듯
흘러가는 게 사랑이니
어색한 사랑 타령은 하덜덜 맙시다.

밤바다

칠흑의 어둠이 지면
일렁이는 파도에
밤새 웅어리 치는 밤바다

밤새 너를 보러 달려왔다.
외로움을 견뎌내는
너의 고독함을 맛보러

밤새 너를 보러 달려왔다.
눈물을 견뎌내는
너의 슬픔을 맛보러

밤새 그곳에 있기에
너를 보며 견뎌낸다.
밤바다야!

구원의 비

자연이 내리는 축복
어느샌가 구원의 산물이 되어버린 비.

메말라 버린 대지를 보며
서운하게 바라본다.

무얼 먹고 살라는 건지
하늘도 무심하시지

잠겨버린 대지를 보며
서운하게 바라본다.

무얼 먹고 살라는 건지
하늘도 무심하시지

비가 오지 않거던 살펴주옵고
비가 많이 오거던 돌보아 주옵소서
신령님께 비나이다.

후회하기 전에

먼저 좋아하면 안 되는 건가
애가 타도록 가까이 있는데
맹하게 놓치고 말았다.

손만 뻗으면 닿을 곳에 있는데
주저하는 건가 용솟음치지 않았다.

시거에 행하지 못하니
불상사가 생겨 먼 산만
본 꼴이 되고 말았다.

고개만 돌리면 바라볼 수 있는데
주저하는 건가 용솟음치지 않았다.

이제는 그대 놓치지 말지언정
주저하지 않으리
이제는 그대 못 보고 말지언정
주저하지 않으리
후회하기 전에.

먼 상

산 너머로 기척이 들려온다.
어서 오라며 손짓하는 나무
먹이 찾아 기웃거리는 고라니
노랫소리 뽐내며 지저귀는 새들

먼 상을 바라보면
마음마저 아름다워진다.

바다 너머로 기척이 들려온다.
반갑다며 들썩이는 파도
물 찾아 이동하는 돌고래
물속을 자유롭게 떠다니는 물고기들

먼 상을 바라보면
마음마저 아름다워진다.

멀지만 가깝게
보이는 게 다가 아니게
먼 상은 또 다른 제 3의 눈을 가진다.
마음마저 아름답게.

사랑은 함께하는 것

주위에 아랑곳하지 않게 산다는 것
어렵고도 무서워
쉬이 손 내밀지 못했습니다.

이제껏 세상에 혼자였기에
함께 있는 게
사랑이란 걸 알아버렸습니다.

당신을 보고 있노라면
당신을 생각하고 있노라면
그 순간 모든 게 행복 가득할 뿐
웃어주지 않아 함께이진 못했습니다.

인연이기에 사랑하는 것
인연이 아니기에 사랑 못 하는 것
둘 다 용서할 수 없어 화가 났습니다.

시기와 질투는 곧 한 줌의 흙이 되고
함께면 된다는 흐릿한 잔상을 남기며
사랑에 빠져들었습니다.

헤픈 사랑

처음은 좋았다 한다.
하루 삼시 세끼 보아도
보고 싶고 또 보고 싶으니

처음은 좋았다 한다.
사랑해 라는 말을 골백번 들어도
듣고 싶고 또 듣고 싶으니

지금은 그저 그렇다 한다.
사랑이 무르익어갈수록
메마른 감정만 덩그러니

지금은 그저 그렇다 한다.
처음에는 좋아서 싱글벙글 웃더니
이제는 좋아서 짜증을 내니

나중은 좋았음 한다.
사랑이 줄어들면 다시 채워가면 그만이니
나만의 생각이 아니길……

꿈 헤는 밤

따사로운 햇살 가득
생명의 기운들이 흩어져
온 세상이 풋풋해지는
봄밤을 꿈꾸었습니다.

싱그러운 향기 가득
사랑의 기운들이 흩어져
온 세상이 풋풋해지는
여름밤을 꿈꾸었습니다.

탐스러운 열매 가득
결실의 기운들이 흩어져
온 세상이 풋풋해지는
가을밤을 꿈꾸었습니다.

애처로운 슬픔 가득
생명이 움트고
사랑이 자라고
결실을 맺었음에도
차가운 기운들이 흩어져

온 세상이 하얘지는
겨울밤을 꿈꾸었습니다.

사시사철 밤이 깊어갈수록
꿈은 헤아릴 수 없이
짙어져만 갑니다.

고향 떠나

정든 곳 떠나면
그리움 사무쳐
새로운 곳 시작하고

정든 곳 떠나니
호기심 가득
새로운 곳 시작하네.

정든 곳 떠나면
내 마음은 배 쪽 같고
정든 곳 떠나니
내 마음은 감 쪽 같네.

정든 곳 떠나
이러든 저러든 이 내 마음 알아주오.

높고 푸른 곳

높은 곳이어서 숨이 차지만
심장은 푸르게 움직이고 있어요.
신비하게 높으면 높을수록 푸르네요.

푸른 곳이어서 눈이 부시지만
마음은 높게 바라보고 있어요.
신비하게 푸르면 푸를수록 높네요.

높고 푸른 곳 나와 함께
푸르고 높은 곳 너와 함께
그곳에서 둘이 함께
이제와 같이 살아보려 하네요.
꿈같은 순간에!

이런 사랑하기 이끼

나이는 숫자에 불과한 것
세상도 변하고 사랑도 변하니
이런 사랑하기 이끼!

남녀가 사랑을 하기에
사랑을 잉태할 수 있으니
이런 사랑하기 이끼!

사랑은 마음으로 하는 것
걸림돌이 있으면 넘어서든 다가가야 하니
이런 사랑하기 이끼!

사랑은 둘이기에 가능한 것
서로 믿으며 아껴 주어야 하니
이런 사랑하기 이끼!

사랑은 하나지만 방법은 여러 가지
사랑하기에 사랑할 수 있기에
이런 사랑하기 이끼!

이런 사랑하기 엄끼

일방적으로 다가가는 것
마음이 아프지만 어쩔 수 없으니
이런 사랑하기 엄끼!

육체의 사랑은 빈껍데기일 뿐
정신과 혼연일체가 되어야 하니
이런 사랑하기 엄끼!
이유가 있는 사랑은
진정한 사랑이 아니니
이런 사랑하기 엄끼!

사랑은 따뜻하지 않으면 본성이 변하니
사랑하기에 사랑할 수 있기에
이런 사랑하기 엄끼!

목놓아 울었다

아직도 여리다, 이별하기에는
내가 좋아하는 사람
떠나보낼 수 없고
내가 싫어하는 사람
떠나보낼 수 없으니
목놓아 울었다.

아직도 여리다, 이별하기에는
나를 좋아하는 사람
떠나보낼 수 없고
나를 싫어하는 사람
떠나보낼 수 없으니
목놓아 울었다.

좋은 것도 쉽지 않고
싫은 것도 쉽지 않고
여리기에 목놓아 울었다.

이별이 다가오거든
목놓아 울어 멀리 쫓아내렴
여린 내 사람아.

일념 하나

돌아서기 무섭게 배고플 적
흙 묻은 것도 훑어서 먹곤 하였다.
배고프다는 일념 하나로

돌아서기 무섭게 보고플 적
쉬지도 않고 달려가곤 하였다.
보고프다는 일념 하나로
어릴 적 일념 하나로 살았고
지금 더할 나위 없이
일념 하나로 살고 있고
앞으로도 마찬가지
일념 하나에 내 모든 걸 걸었으니
전부인 양!

바람

세상이 떠들썩하니
간결하게 얻고자 하는 내 바람은
아늑한 자연으로 돌아가는 것.

나라가 떠들썩하니
간결하게 얻고자 하는 내 바람은
아늑한 가정으로 돌아가는 것.

바람은 크면 클수록 거칠어지고
작으면 작을수록 순해지는 법
그러기에 떠들썩하면 돌아가는 게 맞는 법
그게 내 바람이다.

완전무결한 사랑

궁상맞아,
보잘것없고 변변치 못한
이 죽일 놈의 사랑밖에 해줄 게 없네요.

알아준다면 비로소
알량한 자존심을 벗으니
완전무결한 사랑입니다.

청승맞아,
초라하고 가여운
이 죽일 놈의 사랑밖에 해줄 게 없네요.

알아준다면 비로소
처량한 자존심을 벗으니
완전무결한 사랑입니다.

갖추지 못한 것을 알아주므로
결점 없는 순진무구한 사랑을 가질 수 있고
키워가는 게 진정한 사랑이 아닐까 합니다.

기분 좋은 날

순탄치 않았던 어제를 뒤로하고
순조롭게 일이 잘 풀리는 날!

찌뿌둥한 것 없이 개운하게
기지개를 펴고 잘 잤다고 외치는 날!

의도하지 않게
잠시 거들었을 뿐 칭찬을 받는 날!

몸이 가볍고 날아갈 것 같고
휘파람이 절로 나오는 날!

이런 기분 좋은 날에
사랑을 하면 어떨까 하고
풋풋한 메시지를 띄워 본다.

어느새

생각은 생각을 낳고
투정은 어느새 방황에
불과한 채 흘러만 간다.

잠시만 뒹굴뒹굴한다는 게
어느새 재미 들리어
공교롭게도 두어 시간을
훌쩍 넘어버린다.

순간 너무도 허망하다.

잠시만 생각한다는 게
어느새 깊게 빠지어
부득이하게도 두어 시간을
훌쩍 넘어버린다.

순간 너무도 허망하다.

어느새 세월은 흘러가건만
아직도 허망하게 보내지 않는가!

엄격한 사랑

애매모호한 사랑은
언제나 조바심 가득
나로 하여금 불안케 하네요.

그러기에 잠시 거리를 두어
엄격히 사랑하려 합니다.

엄중한 예우로써
나만을 사랑해주기!

격하여 두서없이
사랑하기 없기!

한평생 눈물을
훔치게 하기 없기!

엄격히 정해진 이 내 사랑은
밤하늘의 별빛보다도 빛날 것이요.
밤하늘의 달빛보다도 밝을 것이니
어디 한번 견주어 이내 사랑 확인해요.

내 사랑 기둥기둥

지금 갑니다.
만나러 갑니다.
내 사랑 기둥기둥!

보이지 아니한가
멀리서 휘몰아치며
그대 향해가는 모습이

지금 갑니다.
만나러 갑니다.
내 사랑 기둥기둥!

들리지 아니한가
멀리서 용솟음치며
그대 향해 가는 소리가

기다림이 있기에
사랑이 움트고
만남이 있기에
사랑할 수 있음을 기둥기둥!

사랑을 잊으려

구구절절 사랑을 읊을수록
애가 타는 이 내 마음을
더 이상 용납할 수 없네요.

아! 가여워라.
행복한 사랑은 미련하기에
잊을 수 없음을

아! 가여워라.
슬픈 사랑은 미어지기에
잊을 수 없음을

그릇된 사랑은 잊을 수 없기에
두고두고 가슴속에 남는 법

이제는 사랑을 잊으려
혼자가 돼보려 하네요.
까마득한 먼 훗날에……

가타부타 사랑

이래도 좋고 저래도 좋을씨고
아무렴 어때 이러나저러나
사랑은 사랑일 뿐

이래도 싫고 저래도 싫을씨고
아무렴 어때 이러나저러나
사랑은 사랑일 뿐

좋든 싫든 무색해져만 가는 게
가타부타 사랑이어라.

시로써

좋아서 너무 좋아서
하는 사랑은 변치 않고

싫어서 너무 싫어서
하는 사랑은 변하리.

변치 않는 사랑은
영원하고 불멸하지만
슬프도록 애잔함이 가득하고

변하는 사랑은
열정적이고 파멸하지만
기쁘도록 흐뭇함이 가득하리.

좋아서 변치 않는 사랑
그대 닮아갈 수 없고

싫어서 변하는 사랑
그대 닮아갈 수 있으리.

미묘한 사랑의 감성을 돋우어
이렇듯 신묘한 사랑을 표현하리라.
시로써……

따뜻하고 따스한 사랑

아득한 곳에서
따스한 기운이 느껴진다.
내겐 없는
그 속으로 찾아 헤매어 간다.

다 같은 마음일까!
나만 그런 걸까!
놓치고 싶지 않고 나만이 훔치고 싶다.
따뜻하고 따스하기에

따뜻함을 잡으면
어느새 순한 아이가 되어 있고
따스함을 안으면
어느새 순한 아기가 되어 있다.

하늘 아래 따뜻함보다도
땅 위의 따스함보다도
따뜻하고 따스하기에
그 사람 잊지 못합니다.

순진무구한 사랑이여!

세 번째 만남을 뒤로한 채

「다섯 번 만남 속에서 진심이 통해야 비로소 사랑을 쟁취할 수 있다. 그래서 내 진심을 글로써 표현해 보려 한다. 결말이 어쨌든 잊히지 않게끔 말이다.」

1. 첫 번째 만남을 마주하기 전

신기합니다. 눈도 나보다 작고
말괄량이같이 행동하는데
어느새 당신에게 홀리었네요.

진짜! 빠져도 그냥 빠진 게 아니라
빠져도 너무 빠져서
지금은 행복에 겨우네요.

아! 세상을 다 가져도
이것만큼은 아니라고 자부합니다.
당신 앞에서!

「다섯 번 중에 이렇게 한 번 만났네요. 네 번만 더 만나면 우리 둘 함께할 수 있을까요? 진아 씨? 떨리네요. 두려움과 기쁨이 공존하기에」

2. 두 번째 만남을 마주하기 전

불현듯 찾아와서
불쑥 건넨 한마디

어쩌면 나로 하여금
신경 쓰이는 게 있을 거지만
똑같은 마음은 매한가지
다섯 번 만남이 끝나면
각자의 길을 걸을 수도 있고
같은 길을 걸을 수도 있네요.

우리 가는 길
산처럼 푸르르길 바다처럼 드넓길
두 손 모아 바래요.

외로움이 많다는 건 정이 많다는 것
고운 정만 있다면 착한 사람
미운 정만 있다면 나쁜 사람

만일 한 가지만 가지고 있다면 떨쳐버려요
미우나 고우나 내 사람을 찾고 있으니!

「글을 이해하려 하면 혼란스럽고 마음이 가는 대
로 느끼세요. 그것이 바로 '시'이기에」

숨 쉴 수 있게

이럴 순 없습니다.
다짐한 이래 한순간도
생각지 아니했기에

은은했던 향이 홑바람에
날리어 떠나가니

적막하기 그지없습니다.
다시금 내 쉴 곳 언저리에
꽃내음 가득 흘려주세요
숨 쉴 수 있게

* 사랑은 마음이 움직여야 비로소 숨을 쉰다.

잊을 수 없는 사랑

이제는 빈껍데기뿐이지만
아직도 체온이 가시질 않았습니다.

금방이라도 부르면
달려와 줄 것 같은
적막함에 흐느끼고 말았습니다.

아직도 생생한 모습이
아른거리니 앞을 가눌 수가 없었습니다.

잊으려 할수록 도태되어 가니
오히려 잊지 말아야 했습니다.

사랑은 쉽게 가를 수 없음을 알고
잊지 않도록 마음속 언저리에다
고운 사진을 간직한 채 홀로 지새우고 있습니다.

당신 곁에 가기까지
우리 사랑 잊지 않으려……

있다가 없어진 사랑

있다가 없으면 마음이 허전한데
사랑은 더할 나위 없습니다.

보이지 않는 사랑
그대 두 눈이 되어
세상을 비추어주리.

들리지 않는 사랑
그대 두 귀가 되어
세상에 귀 기울여주리.

말하지 못하는 사랑
그대 입이 되어
세상을 알려주리.

있다가 없어진 사랑
두 눈 · 두 귀 · 하나의 입이 되어
채워주면 되는 것

사랑 앞에서 속절하지 말았으면 합니다.
그대와 나 사이기에!

행복

겨우네. 겨우네.
행복에 겨우네.

따뜻한 집에서
따뜻한 옷을 입고
따뜻한 밥을 먹는다는 것

그조차도 못 하는 사람이 허다하건만
감사한 마음 가지기.

겨우네. 겨우네.
행복에 겨우네.

좋은 집에서
좋은 옷을 입고
좋은 밥을 먹는다는 것

그조차도 못 하는 사람이 허다하건만
고마운 마음 가지기.

행복에 겨울수록
겸허한 마음·공손한 마음 가지기
행복은 착한 마음먹기 달렸기에.

이팔청춘

넘어져 아픈 것보다
부끄러워 훌훌 털어버리고
일어난다는 것
아직도 내 마음은 이팔청춘!

먹어도 뒤돌아서면
배가 고프다는 것
아직도 내 마음은 이팔청춘!

잘해주기만 하고 말 못 하는
짝사랑만 한다는 것
아직도 내 마음은 이팔청춘!

아! 그리워라!
앳되고 순수한 마음을 가진
그때 그 시절로 돌아가고프네. 이팔청춘이여!

다시 한번

한 번은 숫자에 불과하기도 하고 인생에 종지부를
찍는 기괴한 마력을 지닌다. 그래서 한 번이라는 숫
자가 낯설지 않게 다시라는 글을 포함함으로써 순화
시켜 보련다. 시로써 말이다.

한번 해보자.

개연치 말고 너도 나도
한번 해보자.

한 번으로 성공하면 우연일 뿐
다시 한번 성공하면 필연이니

개연치 말고 너도 나도
한번 해보자.

한 번으로 실패하면 자책일 뿐
다시 한번 실패하면 실수이니

개연치 말고 너도 나도
한번 해보자.

성공도 실패도 한 번이 아닌
다시 한번이란 기회를 주어
낯설지 않게 한번 해보자.

몸도 마음도 한결 가벼워질 테니깐
다시 한번……

너에게 가고 나에게 오고

너에게 가는 건 아직 불안하고
나에게 오는 건 편안하니
중간에서 그 길이
이어질 수 있게 속삭여 봐요.
이어진 길은 외롭지 아니하기에 함께하기에

너에게 가는 동안 두려웠고
나에게 오는 동안 설레이니
중간에서 마음이
이어질 수 있게 속삭여 봐요.
이어진 마음은 차갑지 아니하기에 따뜻하기에

내가 그대를 그대는 나를

내가 그대를 만나고
그대는 나를 만나서
우린 서로 사랑을 키웠네.

내가 그대를 사랑하고
그대는 나를 사랑하기에
우린 서로 결혼하였네.

내가 그대를 닮아가고
그대는 나를 닮아가기에
우린 서로 행복하였네.

서로가 같은 곳을 바라보고
서로가 같은 것을 하고
서로가 같기에

아름다운 이야기가 만들어지는가 봅니다.

사랑을 아끼지 않으면

    사랑은, 간직하기에는 너무 큰 소유물이며 다루기 어려운 감정을 가진 매개체입니다. 나에게 주어진 사랑은 너에게 주어야 반응하고 너에게 주어진 사랑은 나에게 주어야 반응하니 인과응보 관계가 확연히 드러나게 마련입니다. 주어진 사랑 아깝지 않게 많이 베풀었으면 합니다. 아낄수록 사랑은 도태되어 가니깐.

사랑을 아끼지 않으면
각양각색의 꽃을 피워
그 향기에 도취되어 볼 수 있답니다.

나에게 주어진 사랑
안주하고 있을수록 퇴색되어만 가네요.

이제 질세라
너에게 줄 사랑을 꽃피워 봅니다.

때론, 빨간 장미 향기에 취해
열렬한 사랑을 갈망하고
때론, 라일락 향기에 취해

첫사랑의 추억을 흘려도 보고
때론, 하얀 제비꽃 향기에 취해
순진한 사랑을 염원해 봅니다.

너에게 주어진 사랑
안주하고 있을수록 퇴색되어만 가네요.

이제 질세라
나에게 줄 사랑을 꽃피워 봅니다.

때론, 빨간 다알리아 향기에 취해
너로 하여금 사랑을 듬뿍 받아 행복도 느껴보고
때론, 레몬 향기에 취해
성실한 사랑을 자아내도 보고
때론, 물망초 향기에 취해
진실되고 깨끗한 사랑을 염원해 봅니다.

나와 너에게 주어진 사랑 속에서……

덧없는 사랑

우리 사랑 허례허식처럼
덧없는 사랑!

몸은 내 곁에 있으나
마음은 딴 곳에 있으니

웃지만 웃는 모습이
행복해 보이지 않고

울지만 우는 모습이
슬퍼 보이지 않네.

속절없는 세월처럼
덧없는 사랑!

빠르게 사랑을 키워
빠르게 사랑을 맺었으니

그 사랑 열매
허무하게 떨어지고

그 사랑 잎마저
부산히 떨어져 허전함만 가득하네.

덧없는 사랑 탈바꿈하여
사랑에 사랑 한 겹을 덧씌워 보련다.
우리 사랑 덧없지 아니하게.

가을이 오면

생각이 많은 계절
가을이 오면
상상의 나래를 펼쳐본다.

하늘은 높고 말은 살찌니
활동하기 좋은데
말은 몸이 무거워
옴싹달싹하지 못하고

가을 바람에 낙엽은 떨어지니
서늘한 바람 불어 좋은데
낙엽의 길이 안 보여
옴싹달싹하지 못하네.

생각이 많은 계절
가을이 오면
변화의 나래를 펼쳐본다.

남자들은 생머리가 지루해
소년답게 스포츠머리도 하고

단조로움을 벗어나
화려하게 염색도 해보고

여자들은 긴 생머리가 지루해
소녀답게 단발머리도 하고
단조로움을 벗어나
화려하게 파마도 해보네.

이렇게 가을이 오면
생각에 생각을 낳고
생각 속에 가을은 깊어만 간다.

내 마음을 울린 시

‘시’를 써 내려간다.
마음에 맞지 않으면
쓰고 지우길 수백 번
아직 그 자리에 맴돈다.

마음이란 왜 그토록
날 힘들게 하는지
마음의 굴레를 벗어나려
잠시 펜을 놓는다.

‘시’는 내 마음속에 있거늘
표출해내지 못하는 심정에 괴로웠고
하루는 술로 마음을 달래고
하루는 술로 마음을 울리어
시를 썼다.

심지를 고수한 끝인가
백 편의 ‘시’를 쓰곤
눈물이 흐른다.

갈수록 젖어드는 감성에
내 마음속 '시'는
깊어가는 가을밤을 울리었다.

비 오는 날 쓴 80자 문자 시

비는 말하지 않지만 하염없이
내리길 그 마음 애절하니
어찌 슬퍼 아니 눈물 흘리오리.

비는 자기 할 일만 하는데
안 와도 많이 와도 뭐라 한다!
적당이라는 하늘 아래 살라 한다.

장대비가 오고 가면 물난리에
울적일 틈 없이 머위에 훌쩍이듯!
요지부동 마음 다스리기.

비로써 잠시나마 안식을 갖고
마음을 다잡았던 그때!
이제는 마음으로써 안으리.

비 안 오면 축축하고
비 오면 촉촉해지는 이 내 마음!
오늘만 같아라 늘 지켜보고 있으니

비가 제법 맘을 울립니다.
시원하게 응어리진 맘 씻어주고
촉촉하게 텅 빈 맘 채우니깐!

애수 가득 슬퍼 보여요.
애잔한 사연을 담아 내리는 비는
이 내 가슴을 울리는 고독임을

내 마음을 울린 시

초 판 발행 —— 2012년 11월 20일
개정판 인쇄 —— 2019년 01월 25일
개정판 발행 —— 2019년 02월 02일

글쓴이 — 이상훈
펴낸이 — 장호병
펴낸곳 — 북랜드
　　　　　06252 서울 강남구 역삼동 832-7 황화빌딩 1108호
　　　　　대표전화 (02) 732-4574 ｜ (053) 252-9114
　　　　　팩시밀리 (02) 734-4574 ｜ (053) 252-9334
책임편집 김인옥
교　　열 배성숙 전은경

등록일 — 1999년 11월 11일
등록번호 — 제13-615호
홈페이지 — http : //www.bookland.co.kr
이-메일 — bookland@hanmail.net

ISBN 978-89-7787-831-0 03810
ISBN 978-89-7787-832-7 05810(E-Book)